MW00794998

COLLECTION FOLIO

Gabrielle Filteau-Chiba

Encabanée

Gallimard

© Les Éditions XYZ inc., 2018.
© Le mot et le reste, 2021, pour l'édition européenne.
© Gabrielle Filteau-Chiba, pour les illustrations.

Gabrielle Filteau-Chiba écrit, traduit, illustre et défend la beauté des régions sauvages du Québec. *Encabanée*, son premier roman inspiré par sa propre vie dans le Kamouraska, a conquis un vaste public. Son triptyque écoféministe s'est poursuivi avec *Sauvagines* (finaliste des prix France-Québec 2020 et Jovette-Bernier 2020) et *Bivouac*.

Pour Flora

Merci, Anne Hébert. Après la lecture de *Kamouraska*, j'ai troqué l'ordinaire de ma vie en ville contre l'inconnu et me suis libérée des rouages du système pour découvrir ce qui se dessine hors des sentiers battus. Merci de m'avoir fait rêver d'une forêt enneigée où m'encabaner avec ma plume.

Ce pays, c'est celui où les chiens quand on les détache deviennent des loups. [...]

Ce pays est celui où les loups courent au bout de la terre et les chiens, les chiens deviennent fous.

Louis Hamelin, *La Constellation du lynx*

I

2 janvier
Le verre à moitié plein de glace

J'ai filé en douce. Saint-Bruno-de-Kamouraska, ce n'est pas la porte à côté, mais loin de moi le blues de la métropole et des automates aux comptes en souffrance. Chaque kilomètre qui m'éloigne de Montréal est un pas de plus dans le pèlerinage vers la seule cathédrale qui m'inspire la foi, une profonde forêt qui abrite toutes mes confessions. Cette plantation d'épinettes poussées en orgueil et fières comme des montagnes est un temple du silence où se dresse ma cabane. Refuge rêvé depuis les tipis de branches de mon enfance.

Kamouraska, je suis tombée sous le charme de ce nom ancestral désignant là où l'eau rencontre les roseaux, là où le golfe salé rétrécit et se mêle aux eaux douces du fleuve, là où naissent les bélugas et paissent les oiseaux migrateurs. Y planait une odeur de marais légère et salée. Aussi parce qu'en son cœur même, on y lit « amour ». J'ai aimé cet endroit dès que j'y ai trempé les orteils. La rivière et la cabane au creux d'une forêt tranquille. Je pouvais posséder toute une forêt pour le prix d'un appartement en ville ! Toute cette terre, cette eau, ce bois et une cachette secrète pour une si maigre somme… alors j'ai fait le saut.

C'est ici, au bout de ma solitude et d'un rang désert, que ma vie recommence.

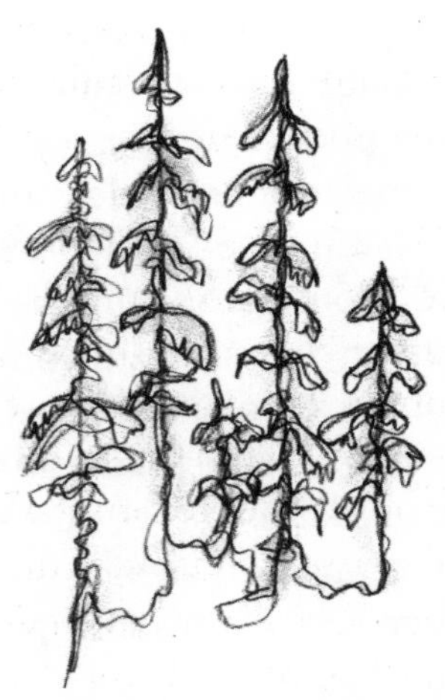

Le froid a pétrifié mon char. Le toit de la cabane est couvert de strates de glace et de neige qui ont tranquillement enseveli le panneau solaire. Les batteries marines sont vides comme mes poches. Plus moyen de recharger le téléphone cellulaire, d'entendre une voix rassurante, ni de permettre à mes proches de me géolocaliser. Je reste ici à manger du riz épicé près du feu, à chauffer la pièce du mieux que je peux et à appréhender le moment où je devrai braver le froid pour remplir la boîte à bois. Ça en prend, des bûches, quand tes murs sont en carton. Un carillon de gouttelettes bat la mesure et fait déborder les tasses fêlées que j'ai placées le long des vitres. Par centaines, les glaçons qui pendent au-delà des fenêtres sont autant de barreaux à ma cellule, mais j'ai choisi la vie du temps jadis, la simplicité volontaire. Ou de me donner de la misère, comme soupirent mes congénères, à Montréal.

Je ne suis pas seule sous le toit qui fuit. Une souris qui gruge les poutres du plafond s'est taillé un nid tout près de la cheminée. Je l'entends grattouiller frénétiquement jour et nuit. Au fond, pas grand-chose ne nous différencie, elle et moi, ermites tenant feu et lieu au fond des bois, femelles esseulées qui en arrachent. Comme elle, je vais finir par manger mes bas. Comme elle, j'ai choisi l'isolation… ou plutôt l'isolement.

Maman, j'ai brûlé mon soutien-gorge et ses cerceaux de torture. Jamais je ne me suis sentie aussi libre. Je sais qu'avec mon baccalauréat de féministe et tous mes voyages, ce n'est pas là que t'espérais que j'atterrisse. Mais je t'avoue que dans la nuit noire, quand je glisse sur la patinoire de mon verre d'eau renversé et qu'un froid sibérien siffle entre les planches, je jure entre mes dents et étouffe dans mon foulard un énorme sacre. Fracturation de schiste ! Mardi de vie de paumée ! Sacoche de bitume faite en Chine ! Tracteur à gazon ! Tempête de neige !

J'oublie un moment la politesse de la jeune fille rangée, les règles de bienséance et de civilité. Fini, les soupers de famille où l'on évite les sujets chauds, où les tabous brûlent la langue et l'autocensure coince comme une boule au fond de la gorge. Crachat retenu. Chakra bloqué. Statu quo avalé.

Je passe mon ère glaciaire avec Anne Hébert et Marie-Jeanne, hantée par les cris des fous de Bassan, et plane entre les rêves où, comme ces vastes oiseaux marins, je vole très haut et plonge très creux dans la mer algueuse. Et je m'emboucane dans la cabane comme prisonnière de l'hiver ou prise en mer sans terre en vue, les hublots embués, les idées floues. Tragique, la beauté des arbres nus me donne envie d'écrire, de sortir mon vieux journal de noctambule et de m'enfoncer dans les courtepointes aux motifs de ma jeunesse, d'y réchauffer mes jambes que je n'épile plus, à la fois rêches et douces comme la peau d'un kiwi. Le vent porte l'odeur musquée des feuilles mortes sous la neige, et j'attends un printemps précoce comme on espère le Québec libre. Le temps doux reviendra. L'avenir changera de couleur. J'y crois encore, même si nos drapeaux sont en berne. Les écorces d'orange sur le poêle encensent la pièce d'un parfum camphré, comme le vin chaud à la cannelle le soir de Noël. Tous ces souvenirs d'avant la croisée des chemins où j'ai tourné le dos à tout ce qu'il y avait de certain pour foncer là où il y a plus de coyotes que de faux amis.

« La mémoire se cultive comme une terre. Il faut y mettre le feu parfois. Brûler les mauvaises herbes jusqu'à la racine. Y planter un champ de roses imaginaires, à la place[1]. »

La grange est remplie de vieux outils rouillés que je trie. Égoïne, chignole, hache – charpentières de l'Apocalypse ou planches de Salut – armes fantasques de la palissade serpentée de ronces que j'érigerais autour de mon cœur affolé,

1. Anne Hébert, *Kamouraska*, Paris, Éditions du Seuil, 1970, p. 75.

de mon corps meurtri et de ma terre, trop belle pour être protégée de la bêtise humaine.

Les pionnières errent seules dans la foule. Leur regard transcende l'espace. Leurs traces dans la neige restent un temps, un battement, une mesure. Comment fait-on pour s'éviter l'usure, le cynisme, l'apathie quand le peuple plie et s'agenouille devant l'autorité, consentant comme un cornouiller qui ne capte plus de rêves ?

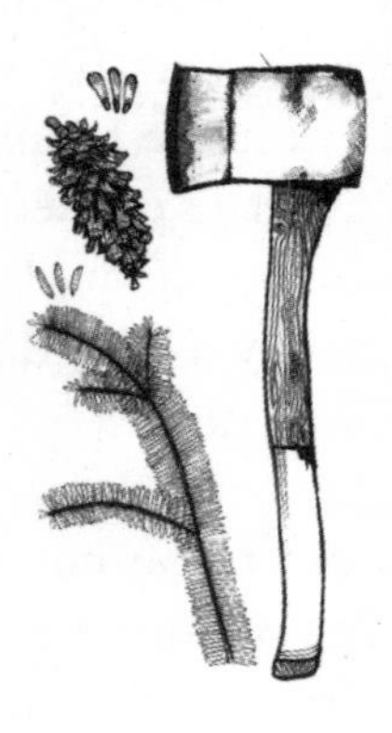

À quatre heures pile, j'entends au loin le cri strident d'une locomotive s'éreintant sur les rails. Cargos de bitume fusent plein moteur d'un océan à l'autre, et le train noir du progrès ternit mes songes à l'abri de la civilisation, ponctue ma réclusion forestière de bruits laids qui m'écorchent les oreilles à chaque fois. J'ai beau m'être créé un « dôme aux cent noms où on ne se retrouve que lorsqu'on a tout espéré[1] », j'ai beau m'effacer dans la neige, la peur me remonte à la gorge. Celle qu'on me pollue, que les têtards pataugent dans l'huile et que la boue sente la mort. J'essaie de trouver à la plainte ferroviaire le charme d'une autre époque, comme si j'habitais un Yukon étincelant d'or et que la gare et ses chants de sirènes étaient garants de vivres et de sang neuf.

Rien n'y fait. Il y a, dans ce crissement métallique, tout ce qui m'effraie du monde là-bas. L'asphalte, les pelouses taillées – vous savez, ces haies de cèdres torturés –, l'eau embouteillée, la propagande sur écran, la méfiance entre voisins, l'oubli collectif de nos ancêtres et de nos combats, l'esclavage d'une vie à crédit et les divans dans lesquels on s'incruste de fatigue. La ville encrassée où l'on dort au gaz dans un décor d'angles droits. Pendant ce temps, le poison nous roule sous le nez. Et nul doute, le sang des sables de l'Ouest se déversera un jour sur nos terres expropriées.

À chacun son inévitable alarme : je ne sais plus l'heure qu'il est sans ce train qui crie comme une cloche d'école dicte les moments de rentrée, puis de liberté. Le matin, il me botte le cul pour me tirer du lit.

1. Jean Leloup, « Le dôme », 1996.

Lacer les mocassins. Rallumer le poêle presque éteint. Préparer le café. Pisser à l'orée du bois pour éloigner les ours noirs. Pelleter le sentier entre la porte et le bois cordé. Première tasse de café. Poignée de noix du randonneur. Rentrer du bois, toujours plus qu'il en faut réellement, d'un coup que le mercure chuterait encore. Dur à croire qu'il pourrait faire plus froid, mais qui ne se prépare pas au pire se fera surprendre. Remplir les chaudières d'eau de rivière. Les placer à côté du poêle pour qu'elles ne gèlent pas. Pelleter de la neige le long des murs de la cabane pour créer une bulle. Deuxième café. Une autre poignée de noix. Gorgée de sirop d'érable. Le train crie au loin que c'est déjà l'après-midi et que la nuit vient. Bourrer le poêle de bûches. Remplir la lampe à l'huile. Lire, écrire, dessiner jusqu'à ce que mes paupières et la nuit tombent.

La nuit engouffre la cabane, épaisse et opaque comme un rideau de théâtre. Quarante degrés sous zéro. Le vent fait danser les épinettes blanches. Elles grincent à l'unisson, comme les gonds d'une porte qui s'ouvre lentement sur les Enfers ou les poutres d'une mine qui va s'effondrer après avoir tout donné. Pillée. Vidée de ses ressources. Épuisée.

Le thé noir à la cardamome bout sur le poêle. J'ai la langue brûlée à force d'espérer que le baume des Indes coulant dans ma gorge saura réchauffer mes os. Ou redonner à mon squelette une posture moins accablée.

Les bûches d'érable sont alignées près du poêle, à portée de main, de sorte que la nuit je n'aie qu'à entrouvrir la porte pour réalimenter les braises sans quitter mes couvertures de laine. Chaque soir, je reconstruis couche par couche mon lit au bord du feu, espérant toujours que cette fois, la formule sera la bonne : la combustion lente du poêle sera optimale, et ce ne sera pas le froid, mais le chant des mésanges qui me réveillera. C'est une question de santé mentale que de garder cet objectif en tête. C'est une question de dépassement, de perfectionnement technique. Parfois je me dis qu'il me faudrait abandonner cette bâtisse délabrée et fabriquer un igloo. Mais ma recherche du confort est moins grande que ma peur de mourir gelée dans une tanière de neige.

J'ai appris à tâtons les secrets des essences. Le bouleau à papier attise les flammes, l'épinette sert de petit bois d'allumage, et l'érable donne de longues bouffées de chaleur qui me font rêver aux sources thermales des Rocheuses. Je dors comme un dauphin aux hémisphères indépendants, un œil fermé, un œil ouvert, guettant les flammes qui se consument. Quand le bout de mon nez est gelé, il est déjà trop tard, il ne reste que des cendres volatiles, et il faut recommencer le rituel – écorces de bouleau, épinette fendue, érable massif – avec patience, même si je cogne des clous.

L'aurore et ses pastels fixent le temps. Nulle âme à qui adresser la parole, j'écris à une amie imaginaire. Le manque de sommeil me fait frôler la folie parfois, mais le soleil se lève chaque matin sur un tableau plus blanc que jamais, avec ses flocons qui tourbillonnent comme dans une boule de cristal. Malgré la rigueur de ma vie ici, le verre d'eau sur la table me paraît encore à moitié plein… même s'il est plein de glace.

Cher journal,

Je me sens seule en chien, mais j'ai trouvé mon Nord.

Liste n° 114

Phrases pour ne pas sombrer dans la folie quand tu as froid :

— Il n'y a pas de mauvais temps, seulement du mauvais équipement.

— Allô, la Sibérie.

— Les prisonniers des goulags ont vu pire.

— Maman, si tu trouves mon corps, je sais, j'aurais dû te demander la permission d'emprunter tes mocassins.

— La confiture est assez sucrée : elle ne gèle pas.

— Des touristes paient une fortune pour une nuit à l'Hôtel de Glace.

— Il me reste huit cordes de bois et deux bras.

— J'ai tourné une page du calendrier depuis l'équinoxe.

— Le froid n'est que sensation éphémère.

— Hypothermie = mort rapide.

— Les Inuits riraient de ma déconfiture.

II

3 janvier
Noir comme chez le loup

Comme ils doivent être heureux, ceux dont la tanière est chaude. Je me demande si les ours dorment en cuiller. Mocassins aux pieds, j'arpente les sentiers en suivant les traces fraîches du renard, délicates telles des pattes de chat sur du glaçage. J'essaie, comme les chasseurs amérindiens, de pénétrer la forêt sans faire le moindre son. Fiasco. Les geais bleus et les petits suisses, brigadiers infaillibles, sonnent l'alarme. Ma voiture ressemble à une guimauve mollasse avalée par le rang qui ne finit jamais. Machine fossilisée. Seule l'antenne trahit la position de mon engin abandonné. Je tourne la clé dans le beurre. Il hiberne, le moteur.

Je n'ai plus qu'une idée en tête, me geler moi aussi. Sous le siège passager se cachait la dernière ration de tentation, l'herbe du diable ou la petite fumée. Celle qui me fait rêver de gâteaux fondants que nos mères ne savent plus préparer, comme si farine et tablier rimaient avec misogyne et pauvreté.

Rebrousser chemin… La marche coutumière dans mes traces qui tapent une tranchée bien droite dans la forêt. Toujours ce sentiment qu'on m'épie, mais je ne me retourne pas.

Mâchoires serrées jusqu'à ce que la porte se referme derrière moi. De nouveau encabanée avec mes démons de recluse sans enfants. Il m'a fallu percer deux trous à gauche de la dernière œillère de ma ceinture. Je compte les cannes de sirop d'érable dans l'armoire. Je maigris à vue d'œil, même si j'en bois des gorgées chaque fois que me vient l'envie de faire l'amour. Mes courbes ont fondu comme neige au soleil. Bonne-femme-allumette. Une autre gorgée. Contentement sirupeux qui se marie si bien à mon herbe inspirante. « N'importe quel fumeur d'herbe comprend instinctivement que le premier effet d'une substance psychotrope, fût-elle inhalée sous les espèces en apparence innocentes d'un joint de cannabis, est de modifier, d'une manière peut-être imperceptible, peut-être irréversible, en tout cas profonde, le rapport à l'autorité[1]. »

J'inhale en creusant ma mémoire pour y déterrer les meilleurs mots, ces petits trésors de la langue bien enfouis. Construire pièce sur pièce ma définition du féminisme rural.

Je.
Suis.
Folle.

Non.
J'ai.
Un.
Idéal.

Féminisme rural. Quel est le générique ? Philosophie ! Loin de la rage carriériste et de la folie des grandeurs des temps modernes. On pourrait dire que je manque d'ambition, qu'on ne m'a pas payé de hautes études pour que je fende du bois. Mais on sait tous que Raiponce et les oiseaux en cage finissent par s'évader. Pour se satisfaire d'une vie de captivité du haut d'une tour ou aspirer aux plus prestigieux trônes, il faut, semblerait-il, oublier qu'être féministe, c'est aussi

1. Louis Hamelin, *Fabrications, Essai sur la fiction et l'histoire*, Montréal, Les Presses de l'Université de Montréal, 2014, p. 107.

ne pas avoir envie d'égaler qui que ce soit. Incarner la femme au foyer au sein d'une forêt glaciale demeure, pour moi, l'acte le plus féministe que je puisse commettre, car c'est suivre mon instinct de femelle et me dessiner dans la neige et l'encre les étapes de mon affranchissement. Même s'il manque peut-être un homme dans mon lit, je ne veux de toute façon compter que sur moi-même pour ma survie. Je ne veux pas de votre argent, ni vivre l'asservissement du neuf à cinq et ne jamais avoir le temps de danser. Rêver d'un bal comme d'une retraite anticipée ou d'un voyage tout inclus avec un prince de Walt Disney. Pas pour moi. Je veux marcher dans le bois sans jamais penser au temps. Je n'ai pas besoin de montre, d'assurances, d'hormones synthétiques, de colorant à cheveux, de piscine hors terre, de téléphone cellulaire plus intelligent que moi, d'un GPS pour guider mes pas, de sacoche griffée, de vêtements neufs, d'avortements cliniques, de cache-cernes, d'antisudorifiques bourrés d'aluminium, d'un faux diamant collé sur une de mes canines, ni d'amies qui me jalousent. De toutes ces choses qui forment le mirage d'une vie réussie. Consommer pour combler un vide tellement profond qu'il donne le vertige. S'accrocher à des bouées de masse. Se peindre des masques de clown triste. Pire encore, bêler sa conformité en terre de Caïn. La liberté comme une promesse intenable dans une conjecture colonialiste, parmi « un peuple annexé par la force et les armes [1] ».

Jusqu'à ce jour, je n'ai pas trouvé ma place dans ce monde sans queue ni tête. Je rêve d'un retour aux soupes de courges d'automne et aux recettes de grands-mères. Bonjour les casseroles en fonte, les semis, les cercles de femmes fières de leurs récoltes et débordantes de vitalité, les enfants nés dans les draps où ils ont été conçus et rêvés, les conserves multicolores sur des tablettes en bois de grange, les soirées de mimes arrosées de cidre de pomme, les longues marches en forêt pour cueillir les remèdes. Mais surtout, j'aimerais éprouver ce sentiment d'enracinement quand on travaille le sol d'un jardin et le vivre comme un effort de guerre pour protéger la Terre.

J'écrase dans le cendrier la spirale de carton, sortie de ma rêverie par les coups de fusil d'un braconnier que je finirai par piéger dans un collet à hauteur d'homme. Un drôle de fantasme m'habite. Seul mâle à des miles à la ronde, je l'imagine marcher dans mes traces jusqu'à la cabane et moi, en faire mon amant. Refermer la porte derrière lui comme collet au cou.

1. Pierre Falardeau, *Rien n'est plus précieux que la liberté et l'indépendance*, Montréal, VLB éditeur, 2009, p. 12.

L'attacher pour le dévorer et rassasier ma faim de louve. Viens que je t'apprivoise, que je t'avale tout entier. Réécrivons sans tarder *Le Petit Chaperon rouge*.

Pour chasser de mon esprit ces images de corps nus, je m'acharne à pelleter une tranchée entre les bancs de neige jusqu'à la rivière Kamouraska, là où je puise mon eau chaque matin. Frigorifiée la nuit dernière, je me suis doutée que la rivière gèlerait profondément, d'autant plus que la veille, par paresse, je n'avais pas pris la précaution de recouvrir mon trou de neige. Aux planches de bois encadrant l'eau vive, j'avais attaché un flotteur de pêche qui ballotte, le mouvement empêchant la nouvelle glace de se former immédiatement. Armée de chaudières, je gagne mon trou au centre de la rivière avec le projet de faire, avant la tombée du jour, un premier voyage pour remplir mon bain de fortune et enfin plonger mes mains dans l'eau fumante, laver mes cheveux pris en pain sous mon inséparable tuque. Les démêler avec de l'huile de rose et me faire des tresses serrées. Mais comme je le craignais, la rivière a gelé solide. Je n'aurai plus d'eau à portée de main jusqu'au printemps. Faudra faire fondre des quantités astronomiques de neige et éprouver ma patience. Une belle leçon que celle de ma paresse.

Espoirs ravalés, je m'attable avec les poètes. Ma seule caresse, ce soir, sera celle d'une débarbouillette.

Les poèmes, il faut les garder pour la fin, les savourer à la lueur d'une bougie. Mes yeux picotent derrière les volutes de fumée bleue. Dis, Marie-Jeanne, l'errance, n'est-ce pas la fuite du moment présent ? Et moi, pourquoi suis-je venue m'enfouir dans la plus rude des saisons ? Pour endormir mes passions et me cacher au fond d'un rang, comme dans un écrin de neige ? Je comprendrai pourquoi je suis ici lorsque j'aurai tout lu. D'ici là, je tourne les pages de Gilles Vigneault et me délecte du bruit du papier entre mes mains sablées, de l'odeur des vieilles reliures et du temps qui m'échappe enfin. Dehors, il fait noir comme chez le loup.

Cher journal,

L'encre de mon stylo est gelée, tu vois où nous mène la technologie ?

Retour au plomb.

Liste n° 115

Mes trois souhaits au génie de la lampe :

— Des bûches qui brûlent jusqu'à l'aube ;

— Une robe de nuit en peau d'ours polaire ;

— Robin des Bois qui cogne à ma porte.

III

4 janvier
Apprivoiser les coyotes

« Le soir étend sur la terre son grand manteau de velours. Et le camp calme et solitaire se recueille en ton amour[1]. » Le grand-duc m'accompagne de son houhou feutré.

Je lève la tête et le cherche du regard. Il est là, perché dans le tremble mort au bord de l'eau. Au bord de la glace, plutôt. La nuit ne tarde pas à plonger la forêt dans le noir ébène. La flamme d'une chandelle oubliée se noie dans la cire sur la table de chevet. Je fais l'ange dans une couette de neige si douillette que je pourrais m'y endormir. Une belle mort dans la grande noirceur.

Quand j'étais petite, j'avais peur du noir. Il suffisait que je me retrouve dans l'obscurité du sous-sol une fraction de seconde pour que l'angoisse

1. Chant scout : « Notre-Dame des éclaireurs ».

s'empare de moi. Adolescente, je déambulais dans les rues de Montréal pour dégriser avant de rentrer, et les allées où s'entassaient les poubelles, les sans-abri et les chats de gouttière, tapis dans la pénombre, me donnaient la chair de poule. Je m'imaginais des scénarios terrifiants, et je hâtais le pas. L'adrénaline ravivait en moi la fougue d'une victime qui court pour sa vie. Les jambes à mon cou, je traversais la ville, comme si j'avais entendu les sirènes infernales qui précèdent les bombardements. Je courais jusqu'à la porte de chez mes parents, mais en fait, ce sont les portes de la ville que j'aurais voulu franchir. Quitter la jungle urbaine et le besoin de noyer mon inconfort dans l'alcool. M'assommer de joints partagés avec des étrangers. En attente de la vraie aventure qui saurait éveiller mes sens. Me confronter à moi-même en toute nudité. Sans les mirages d'une vie axée sur la productivité et l'apparence.

Toutes les routes, aussi tortueuses soient-elles, m'indiquaient le chemin de la cabane. Ma boussole était réglée sur un pôle magnétique différent, faut croire. J'ai pris « mon bâton, mon deuil, mon mal et mes guenilles[1] » et j'ai quitté

1. Félix Leclerc, *Le Petit Bonheur*, [Enregistrement sonore], Montréal, Polydor, 1950.

ma ville natale mal-aimée avec ce maigre baluchon.

Depuis que l'hiver m'a coupée du monde extérieur, mon refuge a pris la forme d'une oasis. L'eau y est abondante, quoique sous forme solide. Je veux en préserver le secret et y rester longtemps. Hier, mes prières ont été exaucées. J'ai reçu le cadeau du silence. Le train s'est arrêté. Enfin, plus un signe ni un son venant de la civilisation.

J'ai envie de me coucher bien avant le soleil. Qui sait, il n'est peut-être que seize heures. Je flâne encore et fais ma dernière tournée avant la nuit. Rentrer le bois et marquer mon territoire en levant les yeux sur les premières étoiles qui scintillent dans le bleu ciel. Mais peut-être que mon urine de femme en manque attire les prédateurs chez moi et non le contraire.

La chorale de créatures sauvages me fait sourire – j'apprivoise l'obscurité, je m'y fonds comme dans la neige. Mais je tremble toujours quand je suis accroupie, culottes baissées à l'orée du bois. Je me relève. Le silence soudain des oiseaux me fait frissonner. Leur chant du soir brusquement interrompu.

Puis le poids d'un regard. L'instinct me fait pivoter sur moi-même. À l'orée du sentier, j'aperçois une bête, tête baissée. Ce n'est pas un chien, ni un loup. Son poil huileux est hérissé. Un ricanement lugubre comme le rire d'une hyène fait écho dans la forêt. Un chœur désaccordé s'approche. Hululements de bacchantes déchaînées. Je les entends courir dans la neige. Vers moi. À toute vitesse. Leurs pattes agiles mordent la neige. Sans réfléchir, je cours pour ma vie. Me retourne un instant. Plus que quelques mètres me séparent des bêtes qui m'ont prise en chasse, l'eau à la bouche. J'entends leur râlement qui gagne du terrain.

J'atteins la porte. Après une éternité. La claque derrière moi.

Inspire, expire. Mon cœur va lâcher. Rire démoniaque dans la nuit, comme un appel. Inspire, expire. Je n'ose pas bouger d'un poil. La sueur coule le long de mon dos. Leurs cris résonnent tous azimuts. Les coyotes encerclent mon refuge, me rappellent ma petitesse. Leurs yeux d'affamés dansent comme les lampions d'un cimetière. Je ne pensais jamais un jour flatter autant un fusil. De l'autre côté de la vitre, les coyotes gagnent la rivière. C'est ici, leur traverse marquée de phéromones, leur autoroute millénaire qui serpente dans la forêt. Et moi, j'ai peut-être bien seulement halluciné qu'ils voulaient ma peau, alors qu'ils avaient simplement envie de lapées d'eau. Cherchez l'intrus. Au fond, c'est moi.

La lune illumine le désert blanc. Immense. Immortel. La cabane se tient là dans son ombre, comme un perce-neige. Assoupie dans la chaise berceuse, je rêve à Cerbère et me réveille en sursaut au son des glaçons qui tombent du toit et se fracassent en mille éclats. Je gagne mon lit de fortune au bord du poêle, et la souris dans le mur ne fait plus un bruit. Je suis dans de beaux draps, mais au moins, ce n'est pas un nid de laine minérale. L'ennemi a quitté son siège, mais des fantômes me tenaillent.

Nuit d'insomnie. Les idées défilent *ad nauseam*. J'ai envie d'écrire. Mes doigts quittent la chaleur de mes cuisses. Je réinvente le monde en position fœtale, c'est plutôt logique. C'est à l'horizontale que tout commence, mais ce n'est pas long qu'on marche en interminables files indiennes. Cernes aux yeux, horizons gris, tailleurs ternes, klaxons et smog. Lève-toi et marche. Marche bien droit. Ne sors pas des rangs. Surtout, meuble ton temps.

Choisis dans un catalogue un divan. Tout pour ne pas entendre la petite voix de ta conscience qui murmure : sauve-toi, éteins ton écran.

Lorsque j'ai foulé cette terre pour la première fois, j'en suis tombée sous le charme, au point de liquider sans hésiter mes avoirs en ville pour foncer vers l'inconnu du retour aux sources. Le rêve d'habiter le territoire, de revisiter nos racines québécoises et la frugalité, surtout. Au bord de la rivière avaient survécu aux rigueurs du temps et à l'abandon des pommiers et une cabane sans commodités. L'eau du puits, limpide et fraîche, goûtait le sapinage. Il y avait aussi ce silence qui laissait place la nuit à la chorale d'animaux sauvages et au bruissement des feuilles de peupliers faux-trembles. Des milliards d'étoiles et un bout de chandelle pour seul éclairage. Les plus belles saisons de ma vie ont commencé ici, à créer en ce lieu un îlot propre à mes valeurs. Simplicité, autonomie, respect de la nature. Le temps de méditer sur ce qui compte vraiment. Le temps que la symphonie des prédateurs, la nuit, laisse place à l'émerveillement.

Dans mon ancienne vie, je possédais une chaîne stéréo, une télévision et j'étais abonnée à un forfait d'une centaine de postes. Pourtant, je pitonnais sans trouver ma place, sans plaisir. J'ai troqué mes appareils contre tous les livres que je n'avais pas eu le temps de lire, et échangé mon emploi à temps plein contre une pile de pages blanches qui, une fois remplies de ma misère en pattes de mouche, le temps d'un hiver, pourraient devenir un gagne-pain. Je réaliserai mon rêve de toujours : vivre de ma plume au fond des bois.

Cher journal,

J'ai froid. Un peu, beaucoup, passionnément, non… à la folie.

Liste nº 116

Questionnements en position fœtale :

— Est-ce que mon chien est mort ?

— Le sang gèle à quelle température ?

— Le froid de canard correspond-il à la gelée des poils de nez ?

— Pourquoi ai-je cordé les plus grosses bûches d'érable en dessous des cordes d'épinette et de bouleau ? À la prochaine longue pluie, me rappeler que le triage des essences n'est pas un excès de zèle et que ma survie en dépend.

— Si j'agrafe une couverture de laine au cadre de porte, est-ce que je gagne un degré de chaleur à l'intérieur ?

— Si je gèle vive cette nuit, qui va retrouver mon corps ?

— Après combien de nuits d'insomnie crève-t-on de fatigue ?

— Parlant de crever, cette pile de gribouillages sera-t-elle mon seul legs à l'humanité ?

— Concernant les hommes, ce serait un bon moment, Seigneur, pour faire débarquer mon sauveur.

— Et à propos de prince charmant, si le Petit Prince a su apprivoiser un renard, je peux bien me lever de mon pitoyable matelas, piquer une course pour chasser le froid de ma carcasse et, qui sait, apprivoiser les coyotes qui me guettent encore ce soir, dehors.

— En fin de compte, je vais prendre mon trou et courir le risque de m'endormir et de ne plus me réveiller.

IV

5 janvier
Survivre à l'hiver

Le matin se lève, et je vis encore. La neige s'empile. Une autre couche de glaçage qui lisse le paysage, adoucit les courbes et nous enrobe de silence.

Et si j'inventais des mots français pour les neiges, comme en inuktitut ? Il faudrait des néologismes déclinant les phases du flocon dans toute sa splendeur…

Qanik, neige qui tombe
Aputi, neige au sol
Pukaka, manteau de neige étincelant
Aniu, eau de neige
Siku, neige tout court
Nilak, glace d'eau douce
Qinu, écume glacée du bord de mer

Il y a les bancs de neige pour construire des forts, la poudreuse rêvée des skieurs, la poudrerie comme rideau de paillettes, la sloche salée et sablonneuse des bords de route, la glace noire qui glisse sans fin, les glaçons, ces sucettes d'eau de pluie. Mais c'est la neige folle, ma préférée, parce qu'elle est la plus libre de toutes, se déplace et se pose, nomade alliée des vents.

Je créerai de jolis prénoms pour chacune d'elles avec Marie-Jeanne qui m'insuffle toujours de bonnes idées. Exercice lexicographique plus constructif que mes habituelles plaintes à la lune de « jeune droguée qui dégueule à pleine gueule sur la société [1] ».

Le matin glacial siffle le long des vitres, fantomatique, comme l'air qui râle dans des poumons rongés par l'emphysème. Petit à petit, la cabane se perd sous la neige. La musique me tenait compagnie lorsque le soleil plombait le panneau. Il me faudrait grimper dans cet arbre et sauter sur le toit pour le déneiger. Je retrouverais les voix radio-canadiennes annonçant les pays en guerre, le prix du pétrole, les records de froid et la mort du dernier faucon pèlerin. À bien y penser, je peux bien me passer de la radio…

1. Jean Leloup, « Décadence », 1990.

Mission du jour, tenter de nouveau de percer la glace qui recouvre la rivière, car il me faut six chaudières de neige fondue pour en remplir une seule d'eau. Coup sur coup, je trancherai cette rivière gelée jusqu'à son lit. La hache est lourde, et les éclisses de glace bleutées voltigent à chaque impact.

J'aurais préféré recevoir un vilebrequin à ma fête, plutôt qu'un lecteur de musique à écran tactile, qui dort dans un tiroir en ville avec la brosse à dents électrique déballée à Noël. Mes proches ne m'ont pas comprise encore. La rage au cœur, je manie mon arme en maudissant tous ceux qui le méritent. J'aspire à la sagesse du bois de santal parfumant la hache qui l'abat. J'aimerai alors les leurrés par le système et pardonnerai aux capitaines de pétroliers. Nous sommes tous dans le même bateau, reste à voir qui sait nager en eaux libres.

La rivière est gelée jusqu'au fond, ça m'a l'air. Moment d'inattention ou de trop forte hargne, je tente mon plus grand coup, prends un élan maladroit, la hache me tombe des mains. Un éclat de glace percute ma joue. Douleur aiguë. Sourde. Je sens mon cœur qui bat dans la plaie, et le sang qui coule dans mon cache-cou. Chaud. Puis un goût métallique dans ma bouche. Je crache sur mes bottes et j'ai tellement peur d'y trouver une dent.

Je gagne la cabane tête baissée, comme un chien, la queue entre les jambes. Le miroir me renvoie un visage qui m'est étranger.

— Miroir, ô miroir, dis-moi qui est la plus belle ?
— T'avais une chance avant de te hacher le visage en deux.
— Ça y est. Je parle toute seule.

Mon visage est un barbeau de couleurs blessées. Une prune fendue. Je retourne dehors. Boules de neige se tachent de sang une à une, me suivent comme les pierres de lune du Petit Poucet dans la forêt. Je ne pense ni au sang, ni aux coyotes, ni à ma défiguration. Je ne pense qu'à ma survie. Aussi que ma première erreur a été d'hésiter en hachant la glace. Maintenant, il me faut toute ma concentration et du courage pour ne pas me jeter en boule, et pleurer de douleur et de déception. Le moral est la première chose à ne pas perdre, quand on est perdu. C'est ce qu'ils disent dans les guides de survie. J'ai un feu qui m'attend à l'intérieur. De la nourriture pour des semaines. Un char qui repartira peut-être lorsqu'il ne fera plus – 40 °C. Tout y est, hormis mon incapacité mentale et physique de suturer ma joue moi-même. L'enflure gagne mon œil. Je saigne et sanglote jusqu'aux sapins baumiers. M'agrippe au tronc du plus vieux en reprenant mes esprits. Lui fait le plus long des câlins, comme si je me pendais au cou de la Mère-Terre. Tu voulais vivre dans le bois ? Assume, fille. Je remercie l'arbre, perce les bulles dans l'écorce pour recueillir des coulisses de gomme. Cuiller à soupe bien remplie à la main, je regagne mon poste près du poêle et dépose mon butin sur la plaque de fonte. La sève se liquéfie à la chaleur. Doucement, je la fais couler dans ma plaie, puis presse les deux rives ensemble en mordant ma mitaine pour ne pas crier. Les larmes pleurent toutes seules. Je fais vœu de silence et d'immobilité, de crainte que mon pansement de fortune ne cède au moindre remuement de mes lèvres. Je porterai toujours la marque de cet hiver à la cabane, une cicatrice de la vie en terrain sauvage… avec la conviction que c'est à partir de cette blessure que je suis devenue adulte, assumant totalement ma décision de vivre en autonomie, avec tous les risques que ça implique. Fini, la facilité de te démerder en ville grâce à ta belle gueule.

Ce soir-là, j'ai bien entamé la dernière bouteille de gin. Oui, pour oublier ma joue qui m'élance, mais surtout parce que la douleur de mon visage me rappelle une peine plus vive encore.

Curieusement, c'est à ce moment où je comblais mon manque d'affection par l'alcool que Shalom est arrivé dans ma vie, miaulant au pied de la porte comme téléporté en plein désert arctique. Un gros matou plus noir que la nuit, aux yeux orange citrouille. Les granges abandonnées des fermes démantelées de la région sont de vraies cités félines. Je ne sais combien de temps j'ai bercé cette boule de fourrure, lovée dans le creux de mon ventre. Je ne suis plus seule, même si j'ai préféré l'ermitage à la vie de troupeau. Plutôt la solitude que de boire un vin dilué, à force de mettre de l'eau dedans. Et je n'en pouvais plus du goût fade de ma vie en ville.

J'ai lu quelque part que l'eau salée soigne toutes les peines de l'âme : la mer, la sueur et les larmes. J'ai mis toutes les chances de mon côté en partant pour le Bas-Saint-Laurent avec une pelle, une hache et mon dégoût de la société. Reste à voir qui rira le dernier. Si le froid me laisse du lousse. Si le printemps existe toujours. Parfois je crains que l'hiver ne se soit installé pour de bon.

Shalom dévore les sardines avec l'appétit du dernier jour d'un condamné. Je palpe mon visage endolori. Je ne me reconnais plus.

Tiens là, les tasses le long de la fenêtre ont encore débordé. Tant pis. Je souris tristement. Les yeux de Shalom brillent comme des lanternes dans le noir. Le feu est chaud. Mon visage tuméfié aussi. Je fixe la page blanche sous la lampe à l'huile et mâchouille mon crayon en rêvant à la beauté de l'éphémère. Comme toute vie sur terre, par un froid pareil. Avant de m'endormir, j'entrevois le chat qui happe la souris en pleine course. La petite anarchiste solitaire est arrivée au bout de ses peines. Moi, j'ai encore des croûtes à manger. Il faut que je survive à cet hiver…

Cher journal,
Je serai bientôt une sculpture de glace.

Liste n° 117

Choses à ne pas oublier la prochaine fois...
— Une bouillotte ;
— L'histoire des explorateurs morts gelés dans le Grand Nord ;
— Un sac de couchage – 1 000 °C ;
— Tous les bas de laine en alpaga que j'ai donnés en cadeau en revenant du Pérou, pour les enfiler les uns par-dessus les autres ;
— La meilleure bouteille de scotch d'Écosse (sans glaçon) ;
— Un homme velu pour faire du peau à peau.

V

6 janvier
L'inconnu

Ra-tat-tat. J'enfouis ma tête sous l'oreiller. Mon visage me fait mal. La gueule de bois ou le coup de hache, même combat. Est-ce que je rêve ou bien c'est le Vietnam dehors ? Sans les palmiers, évidemment. J'ouvre l'œil. Tends l'oreille. *Ayoye.* Je dois avoir reçu un obus en plein visage. *Ra-tat-tat.* Un hélicoptère vrombit. Fend l'air. Rase ma terre de son rotor assourdissant. *Ra-tat-tat*, un autre, quelques secondes plus tard dans la même direction. Ils foncent vers les hautes terres. On passe du film muet au film d'action.

Toute la journée, une nuée de machines bruyantes zigzaguent dans le ciel. Sur le tapis d'entrée, la souris gît, fers en l'air. Je sirote mon café en me demandant quelle nouvelle guerre vient d'éclater. Quelle salade ils vont nous vendre, cette fois ? Et pourquoi les chats tuent par plaisir et nous offrent la souris molle en cadeau ?

La radio sans vie ne saurait me répondre, ni mon imagination féconde. Je passe la journée tranquille en tournant les pages de notre terroir. Curieuse sensation que celle de ne pas savoir ce qui se trame au-delà de son espace vital. Moi qui portais le carré rouge et frappais allègrement des casseroles dans les manifestations étudiantes. Moi qui, la nuit, allais poser des pancartes le long de la 20 pour lutter contre les projets d'oléoduc dans la vallée du Saint-Laurent. Moi qui rêvais de m'enchaîner à un arbre, dites-moi où, dites-moi quand, j'arrive ! Ma vie de martyre contre celle d'un vieil arbre, promis juré.

Mon père m'a répété combien de fois qu'on ne perd que lorsqu'on abandonne ? Pourtant j'ai fugué là où nulle âme ne s'aventure. Mes bottes d'armée à cap d'acier, je les ai données à une punk, coin Ontario. D'une certaine manière, je l'enviais d'être si librement stone dans un monde de robots et de riches. Et si la vraie solution, c'était d'enterrer la hache de guerre ? De créer des îlots de liberté révolutionnaires ? Car les géants, on ne peut les battre sur leur échiquier, ils nous y tendent des pièges, les dés de la justice sont truqués, et nos fosses, creusées d'avance. Mais ce qu'ils ne peuvent pas prévoir, c'est la force de la solidarité. Miser sur l'effet de surprise. Infiltrer le système comme la fourmi remontant le nerf optique du prédateur avant qu'il ne détruise la fourmilière. Suffit d'un esclave qui se lève pour déclencher une vague. Un tsunami. Mais de ma cabane n'émerge que la fumée noire du poêle, et toutes mes énergies rassemblées suffisent à peine à m'y tenir au chaud. Ai-je perdu la force de me battre ? Ou est-ce ma situation de survie qui entraîne une forme de repli sur soi ?

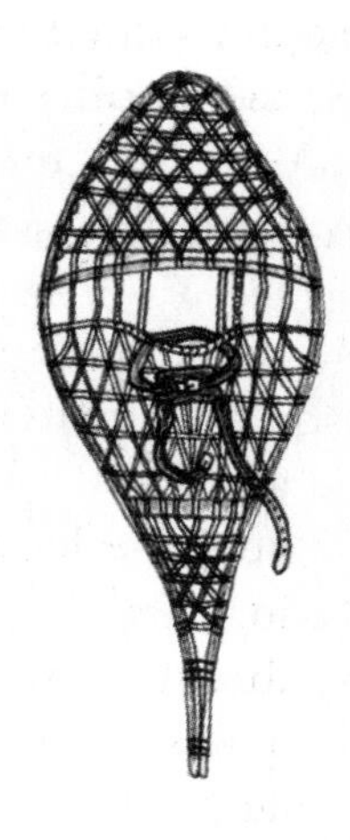

Que perd-on exactement lorsqu'on abandonne, papa ? J'ai quitté Montréal parce que je n'en pouvais plus de ces cadrans qui nous réveillent à l'aube, et du pas militaire des imperméables qui défilent dans les rues, cohortes de corneilles macabres avec leur mine d'enterrement, vers un travail qui pellette la neige par en avant. Le soir, les travailleurs épuisés gobent pilules et mauvaises nouvelles devant le téléviseur. Abandonner, n'est-ce pas fermer les yeux sur la banalité de notre existence ?

Dans mon journal, ce jour-là, je dessine et réinvente sans fin le corps d'un Apollon, tandis qu'au-dehors comme en dedans, le calme est revenu. Je suis envahie de reconnaissance d'être en vie et en liberté. Quoique défigurée. Mon apparence ne m'a jamais laissée aussi indifférente. Et je me surprends même à sourire d'autodérision devant la fille de la ville qui se fend le visage elle-même en essayant de chauffer une cabane mal isolée. Faut de l'optimisme pour croire au projet !

Liste n° 118

Qualités requises pour survivre en forêt :

— Autodérision lorsque tu marches en raquettes de babiche.

— Détermination à fendre du bois jusqu'à la fin des temps.

— Acceptation de l'évidence qu'il n'y aura jamais trop de bois à l'intérieur.

— Optimisme devant l'hiver plus long que Nature.

— Tolérance aux techniques d'hygiène médiocres.

— Patience pour remplir les chaudières de neige à faire fondre.

— Persévérance à pelleter la neige qui tombe sans arrêt dans les sentiers de subsistance.

— Économie des bouts de chandelle et de l'huile à lampe même si ton livre est passionnant et la nuit, infinie.

— Méditation dans le noir silence sur ce qui t'a poussée à t'encabaner loin de tout.

— Observation des traces fraîches de tes supérieurs dans la chaîne alimentaire.

— Miction contrôlée pour marquer ton territoire autour de la cabane.

— Moral de béton.

— Et bien plus encore, que je n'ai pas encore compris.

Liste n° 119

Gratitudes :

— Merci aux Amérindiens de nous avoir transmis le secret du sirop d'érable ; parfois je me demande si vous nous auriez quand même sauvés du scorbut, avoir su qu'on vous tuerait comme des mouches et qu'on volerait vos terres. D'ailleurs, la mienne n'est pas vraiment la mienne, mais celle des Malécites.

— Merci, beau Malécite, de venir me changer le mal de place.

— Merci aux gens qui écrivent les manuels scolaires de s'obstiner à nous enseigner qui a découvert l'Amérique. Vous voulez vous attaquer au décrochage, alors arrêtez d'insulter notre intelligence.

— Merci, grand-papa, de m'avoir légué ton fanal et tes chemises de travail. Les cols sentent encore ton après-rasage poivré. Si je survis à l'hiver, je sèmerai un potager en portant sur ma peau le parfum de ta bienveillance.

— Merci, Shalom, de te blottir entre mes pieds, la nuit. Je te jure, ta petite boule de poils ronronnante réchauffe mes orteils et prolonge mon sommeil. Précieuses heures où j'oublie l'hiver et mes manques.

— Merci à la gomme de sapin de guérir mon visage. Il n'y a pas une pharmacie en laquelle j'aurais plus confiance.

— Merci au soleil de briller de plus en plus fort. Ta caresse sur ma peau est aussi douce qu'un amant qui me sourirait le matin. C'est faux, il y a des jours où j'échangerais le soleil pour toucher au corps d'un homme.

— Merci à ceux qui ont tour à tour apporté des chefs-d'œuvre de la littérature québécoise pour garnir la bibliothèque de la cabane. Ils m'accompagnent en rêve et me livrent leur sagesse.

— Merci à ma bonne étoile de m'envoyer au plus sacrant soit le printemps, soit un amant.

— Merci, mon char, d'avoir rendu l'âme une fois arrivé à destination. Ce n'est pas grave si tu ne veux plus m'obéir et repartir. C'est peut-être une leçon de persévérance et de dépassement. Je n'ai pas fini cette aventure au creux de moi-même et du bois. Je commence à prendre goût à ma vie ici. À aimer la cabane comme elle est, avec tous ses défauts. Chaque fruit de la création me sert maintenant d'objet de contemplation et d'introspection.

Je referme mon journal. Ouvre la porte sur l'hiver glacial. Façonne une boule de neige pour geler ma joue. Shalom miaule en se frottant contre mes mollets. Le chat noir sur fond de neige blanche me fait rire. Il est comme moi, il n'arrive pas à se camoufler.

J'étais rebelle comme pas deux, mais j'ai rendu les armes peu à peu. J'en avais marre de ma carapace qui épaississait, à force de déception et d'injustice.

Autour d'une table, mes amies d'enfance à talons hauts et ongles vernis parlaient de cette femme dont la mort avait déclenché un recours collectif contre une certaine marque de contraceptifs oraux. Elles hochaient toutes leur tête de marionnette en marmonnant comme c'était dommage. Conscientes du danger, elles achetaient maintenant les pilules d'une autre compagnie. Celle que je trouvais la plus jolie était passée sous le bistouri pour se faire implanter deux coussins gonflables dans la poitrine, gracieuseté de son amoureux qui la trouvait plus désirable à présent. Celle avec qui j'avais fait les quatre cents coups entrait des chiffres dans des colonnes, quarante heures par semaine. Celle qui avait les plus belles courbes rêvait d'une liposuccion. Celle dont on ne parlait jamais avait perdu tous ses cheveux quand elle avait arrêté de manger.

Il fallait que son nombril rejoigne sa colonne vertébrale lorsqu'elle retenait sa respiration, que ses biceps soient aussi menus que ses poignets. Je l'avais accompagnée chez le médecin avant son hospitalisation forcée. Elle avait calé des litres et des litres d'eau, cachée dans les toilettes, sachant que le doc voudrait la peser. Mais elle n'avait malgré tout pas assez bu pour passer la barre des 67,5 livres[1].

J'ai marché le cœur brisé, les mains dans les poches, en frappant du bout des pieds tous les cailloux sur mon passage. Comment est-ce qu'on peut vivre dans une ville où la police matraque les étudiants qui défendent les moins nantis, où les infanticides achètent les juges de la liberté, où le harnachement de nos plus majestueuses rivières est présenté comme un projet de développement durable, où l'on nous prescrit des médicaments qui tuent à petit feu, où l'on nous bombarde d'images de prépubères hypersexualisées et où les adolescentes de familles riches se laissent mourir de faim ? Comment survivre dans un monde où les femmes s'inquiètent du diamètre de leurs mamelons et de leur tour de hanches ? Toute mon adolescence, j'ai été complexée par la forme de mes genoux ! Faut le

1. Environ 30,6 kilos.

faire, quand même ! Il n'y avait pas de cailloux assez gros pour apaiser mon indignation. Je cherchais des yeux un endroit où m'éclipser, comme un animal blessé se tapit dans l'ombre, mais il n'y avait que du béton partout. Et mon amie de l'autre côté du mur, un squelette sur soluté. Et moi sans solution.

Ma cabane. Quelques planches dans le bois. Un petit prisme rectangulaire. Une boîte de Pandore. Je n'ai jamais vu les choses aussi clairement. Posé sur ma vie d'avant un jugement aussi net. Sanctuaire de neige, merci. Je suis confrontée à toutes mes bibittes, mais j'ai retrouvé ce qui est si facile d'échapper… l'espoir.

Ra-tat-tat. Le bourdonnement des hélicoptères au loin me donne envie de me blottir encore plus creux sous mes couvertures.

Debout derrière la vitre embuée de coulisses, je regarde le soleil disparaître entre les épinettes. Le rire des coyotes enterre l'écho des hélicoptères. Mauvais pressentiment. Je tourne les pages de ma collection de livres sur les Autochtones. Les histoires que je préfère : les expéditions qui tournent mal, qui semblent sans issue, les veillées dans les igloos, les grandes marches dans le froid. Shalom dort sur mes cuisses. La lampe à l'huile éclaire surtout le haut des pages. Je dois incliner le bas du volume vers le poêle à bois pour lire les dernières phrases. Ponctuellement, je fixe le noir de l'autre côté de la vitre devant moi. Un exercice de myope peureuse. Je n'aurais jamais le courage, moi, de partir avec ma maison sur le dos en plein hiver. Des diplômes, j'en ai, mais aucune compétence de survie assez aiguisée pour égaler Agaguk et les autres héros d'une littérature glorifiant le passé des braves chasseurs-trappeurs. Y a-t-il des gens qui vivent encore ainsi ? De viande, de peaux et d'eau fraîche ? Avec l'horizon pour pays ? Je lève les yeux.

Quelque chose bouge au loin. Et c'est bien plus gros qu'un coyote. Un ours ? Non. Je lâche le livre. Mes mains se crispent en poings. À l'orée du sentier, une silhouette. Un homme marche vers la cabane. Je devrais me réjouir que mes prières soient exaucées. J'ai tant souhaité qu'on dérange ma routine ! Mais au fond, j'ai peur de l'inconnu. Je tends les bras pour atteindre le fusil de chasse accroché au-dessus de la porte. Caresse le métal de mes mains moites. Je troquerais tout contre des yeux de lynx. L'individu progresse. Il avance, sans raquettes dans la neige épaisse, s'enfonçant au-dessus du genou à chaque enjambée. Gauchement. Ce n'est pas le braconnier que j'entends tirer au loin depuis des lunes.

Le survenant est sans arme et mal habillé. Les sens éveillés plus que jamais, je m'adosse au mur, traquée, pour répondre de la bouche de mon canon à l'inconnu dehors. Qui marcherait vers chez moi, refuge à des kilomètres dans la forêt épaisse… sans raquettes ? Pupilles dilatées, souffle court, je n'ose plus bouger. Les pas se rapprochent. Je me replie en petit bonhomme. Et vise la porte.

Ça cogne trois coups. Le poêle allumé, la fumée, les traces dehors, tout trahit ma présence ici. Ça cogne encore. La poignée tourne. Suivi d'un « Allô ? Y a quelqu'un ? » dans l'entrebâillement. Une voix qui tremble de froid. L'arme épouse le creux de mon épaule. Je m'empêche de respirer. La porte s'ouvre grand sur l'hiver et tous ses vents. Poudrerie balaie la pièce. La botte droite de l'homme écrase la souris sur le tapis. Craquement horrible. Une autre fin trash de souris.

VI

7 janvier
L'Apache

L'homme me sourit. Je ne détends pas la gâchette. Il ferme la porte si doucement derrière lui que je me permets enfin d'avaler ma salive. Il se racle la gorge en tortillant ses gants trempés. Étudie le chaos de mon antre, gêné.

— Excuse-moi. J'ai vu des traces pis de la fumée au loin. Je suis tombé en panne juste en face, j'ai vu un char sous la neige et un sentier… tout mon linge est trempé.

Shalom ronronne en se trémoussant contre les bottes couvertes de neige de l'inconnu, sans une once de méfiance.

— J'aimerais ben te flatter, minou, mais je sens plus mes doigts.

Bon, y fait pitié. J'ai grimpé dans les rideaux avec mon gun pour rien, comme une folle.

— Désolé d'entrer de même comme un sauvage.

Son accent me désarme. Ses yeux me désarment. Sa barbe pleine de froid. Sa chemise doublée de mouton. Sorti de mes rêves de coureurs des bois revenus d'Abitibi, éreintés mais vivants, au lainage imprégné de sueur et de fumée, la barbe drue comme les lichens gelés de la taïga.

Je clenche la sécurité du 12. Sans dire un mot, il enlève ses vêtements glacés et les accroche à sécher près du feu. La compassion qui se lit sur son visage me fait baisser la tête. Je dois faire peur avec mon énorme cicatrice galeuse et mon œil mi-clos. Je tombe dans la lune. Ses lèvres remuent. Je l'entends sans l'écouter, perdue dans ma timidité, aux prises avec une soudaine pudeur devant l'intrusion dans mon cocon bordélique.

— T'as pas dit un mot… Je veux surtout pas déranger. Juste me réchauffer. C'est pas pour faire pitié, mais je sens plus mes orteils.

Il scrute mon visage mi-enflé, mi-accueillant. Le col de mon chandail croûté de sang. J'ai l'air d'une femme battue. Je ne sais pas quoi répondre, par où commencer : mon nom d'ermite, mon idéal de féminisme rural, l'importance de l'autonomie, l'impatience de faire fondre de la neige, le rêve d'un bain, les chaudières à remplir, la rivière gelée après la nuit la plus froide de ma vie, ma maladresse avec la hache, mon bandage de gomme de sapin imprégné de suie, le deuil de mon beau visage ? Je dépose l'arme sur le divan. Tant pis pour les bonnes premières impressions.

Vlan, je jette une lourde bûche dans le poêle. La douleur sourde de l'éclat de glace me revient. Je sens sur mon dos l'insistance d'un regard qui cherche à briser le silence.

Ses yeux balaient la petite pièce, se posent sur la pile de livres aux pages cornées, le cendrier plein de mégots de joints, les croquis chiffonnés sur la table, la courtepointe fleurie, les mocassins d'orignal, mais surtout, le fusil de chasse à mi-chemin entre nous.

— Aie pas peur. T'as rien à craindre avec moi.
— J'ai pas peur de toi.
— Tu vis seule ici ? C'est creux en maudit !
— Oui… avec le chat… et les coyotes. On a la paix.

— Merci de pas m'avoir tiré dessus. Tu reçois toujours ta visite comme ça ?

Je hoche la tête pour dire non, le sourire aux lèvres. J'ai envie de rire. C'est difficile pour moi de mettre un mot après l'autre. Ça fait si longtemps que je n'ai parlé à personne, et chaque mouvement de mon visage est pénible.

— Désolée pour l'accueil de *sauvage*. J'aime pas ce mot-là. Les sauvages, c'est nous autres... OK, ça fait un bout que je suis toute seule ici. J'ai l'imagination fertile. Quand je t'ai vu, je venais de lire une histoire de cannibalisme chez un groupe d'Inuits perdus dans le blizzard depuis des jours. Mettons que j'étais sur mes gardes.

— J'ai jamais mangé personne, promis juré craché.

— Donc, ce n'est pas toi que les hélicoptères cherchent depuis des heures ?

Il rit. Hausse les épaules. Ses dents ont l'air saines et solides comme des crocs. J'étudie son accoutrement rapiécé, ses bas de laine dépareillés, ses longs cheveux noirs qui serpentent le long de son foulard.

— Anouk.

— Riopelle, tu peux m'appeler Rio.

Il me tend la main.

— Enchantée.

— Pareillement. Écoute, j'irai pas par quatre

chemins, j'ai besoin de me terrer quelques jours. Est-ce que je pourrais…

— Te cacher ici ?

— Ouais.

J'ai du riz pour une armée. Mais il n'y a qu'un lit. (Tant mieux.)

— Fais comme chez toi. Moi aussi j'ai fugué, à ma façon. T'as pas besoin de m'expliquer tout de suite.

— Je peux fendre ton bois en échange.

— Ça marche… parce que j'ai pas encore le tour avec la hache, comme tu vois (pointant un doigt vers mon visage).

Je souris douloureusement en me souvenant de cette face dont j'étais si fière avant. Le deuil de ma beauté est la nouvelle étape de mon dépouillement.

— Thé ?

— Oui, merci.

On sape en silence.

— Ta radio fonctionne ?

— Si tu réussis à monter sur le toit et à déneiger le panneau solaire, on est en affaires. J'attendrais la clarté, par exemple. C'est glissant. Et ça servirait à rien... Ça prend du soleil pour écouter la radio, ici.

Il pose sa tasse à côté de mon journal intime. J'aurais dû écrire à l'envers comme Leonardo da Vinci. Je vois d'ici la phrase : « Merci... de m'envoyer au plus sacrant soit le printemps, soit un amant. » *Fuck*, c'est vraiment embarrassant. J'espère qu'il est myope. Mais tout de même, mes prières sont exaucées. Merci, génie de la lampe à l'huile, ce renfort est d'une bien belle constitution !

Je plonge ma débarbouillette dans l'eau bouillante et l'appuie en grimaçant sur ma joue. Rio s'approche de moi et renifle mon onguent de sapin maison.

— C'est pour ma betterave de face.
— Attends, je vais t'aider.

Il l'applique avec les doigts délicats d'une maman qui aime. Mon armure ramollit.

— Je me suis pas manquée. C'est la faute de la hache.
— Évidemment. Tu vas avoir une belle cicatrice de guerrière.

L'histoire serait moins risible si j'avais échappé à un couguar ou à l'homme des neiges plutôt que de m'être défigurée moi-même, dans mon élan d'indépendance.

— Tes orteils, toi, ça va ? Tu les sens ? Si ça fait mal, c'est qu'ils dégèlent. Rapproche-les du poêle, mais pas trop. Faut pas qu'ils réchauffent trop vite.
— T'as l'air de t'y connaître, question engelures.
— Ouais, j'en suis pas fière, mais j'ai renversé plusieurs fois des chaudières d'eau de rivière dans mes bottes en me plantant dans la neige. Mais c'est de même qu'on apprend. Essai-erreur, non ?

Le feu est bon dans la pièce. Étrange comme la cabane paraît plus grande maintenant que nous sommes deux, trois comptant le chat. Le divan est étroit, mais nous rapproche. Un appétit de longue date me tenaille. La conversation tourne autour du pot.

Des secondes qui me paraissent une éternité me donnent le courage d'oser. Je saisis ses mains de pur inconnu, les porte à ma bouche, embrasse ses doigts, guide ses mains sous mon chandail, sur mes seins chauds. Mes jambes sont molles comme de la pâte. J'ai envie de le déshabiller et d'embrasser toutes ses cicatrices à lui, de goûter enfin à la sueur du mâle tant attendu, à sa peau rouge de sang-mêlé.

Secrètement, je bénis le banc de neige où tu as enlisé ton char, près du sentier où tu as marché dans mes traces jusqu'à la cabane, après avoir pelleté jusqu'à ce que tes gants trempés collent au manche de la pelle.

Les engelures font mal comme les peines d'amour. Au début, rien qu'un pincement, puis on ne sent plus rien. L'insensibilité du cœur de pierre fait son temps, mais quand les braises sont attisées de nouveau, la douleur est saisissante, inattendue, et on ne sait que faire pour l'apaiser, sinon attendre. Mon père m'a dit un jour, en me tendant une pile de boîtes de chocolats, que le seul remède à l'amour, c'est d'aimer encore. Et quoi qu'il advienne, le chocolat sera toujours là, en attendant.

Tu t'allonges sur les couvertures mexicaines, de tout ton poids sur mon corps trop maigre, encerclant ma tête de tes deux grandes mains, les doigts enrubannés de mes cheveux, tes pouces sur mes tempes, ton front contre mon front. Je respire par la bouche, juste en face de ta bouche, ton air chaud. Nos lèvres se touchent. Ma langue tremble de chercher la tienne. Nos dents se cognent. J'aimerais te mordre, mais tu me tiens bien immobile. Tes genoux desserrent mes cuisses. Les écartent lentement, fermement. Elles ne pourraient s'ouvrir plus loin. Tes mains me soulèvent pour replacer un oreiller sous ma tête. Je suis plume, pétale, feuille au vent. Ton souffle dans mon cou, ta bouche sous ma clavicule, tes lèvres qui descendent entre mes seins. Suivies de ta longue tignasse noir charbon. La braise entre mes cuisses. Ta bouche chatouille mon nombril. Dans la lueur orangée du poêle, je caresse du bout des doigts tes épaules, « ton dos parfait comme un désert quand la tempête est passée sur nos corps[1] ». Ta langue danse en moi. Tes lèvres sur mes lèvres brûlantes. Je résiste, tente de me dégager. C'est trop sensible, puis c'est trop doux. Tu sais qu'au fond, il ne faut pas arrêter. Ton souffle chaud sur ma peau me fait oublier les courants d'air dans la cabane et le froid dehors. Je m'agrippe à tes longs cheveux. Je nous vois, toi et moi, sur un tapis de lichen valser au rythme de la jouissance. Encore et encore. Mon dos cambré comme un arc amazone est prêt à rompre.

Tu embrasses mon ventre tendu. Au coin de la pièce, un feu de joie. Tu plonges doucement tes doigts en moi. Pour enduire ta lance de cyprine. Je ne peux plus te quitter des yeux. Les

1. Richard Desjardins, « Tu m'aimes-tu », *Tu m'aimes-tu*, [Enregistrement sonore], Éditions Foukinic, Montréal, 1990.

quatre murs disparaissent. Pulsations sonores. On s'accroche l'un à l'autre, bec et ongles. Tes pupilles se dilatent et je vois l'orgasme venir. On jouit en même temps. Tu es si dur qu'une douleur mielleuse m'emplit. Plénitude humide. Tu roules sur le dos et je ne peux retenir mon fou rire.

La plus belle et la plus courte des nuits s'achève. J'ouvre les yeux sur tes bottes trônant dans une flaque d'eau à moitié gelée devant la porte. La cire des chandelles oubliées a coulé partout. Je fais semblant de dormir encore quelques instants. Mon oreille comme un stéthoscope pour écouter ton cœur. Il est sain et fort, comme tes dents sont solides, j'en suis certaine. À la lueur du jour, on peut voir sur nos peaux tous les défauts, les balafres de nos histoires de guerre, mais je ne connais pas la gêne avec toi.

Accroupie, j'entasse des bûches sur le feu. Ne jamais lâcher le poêle, mon rituel du matin. Je suis nue et je n'ai pas froid, c'est une première. Et si c'était ma solitude qui me frigorifiait ? Tu me caresses les reins.

— Anouk, regarde dehors.

L'aurore. Des teintes de pêche. Partout, une poussière d'or. Les épinettes à l'horizon sous les nuages crémeux. Les oiseaux dans leur nid givré accueillent le matin. Le soleil sauve la mise encore. Promesse d'un jour nouveau, d'une nouvelle page de journal.

Ta semence coule le long de ma jambe, et je ne me suis jamais sentie aussi belle et pleine de vie.

Liste n° 120

Choses que j'aimerais conserver en pots :
— Le chant des baleines à bosse ;
— L'odeur de la croustade aux pommes ;
— Des lucioles immortelles pour nos noces ;
— L'odeur de nos draps après cette nuit ;
— Une mèche de tes cheveux ;
— La couleur de ce matin.

VII

8 janvier
Avis de recherche

Je souffle sur mon café brûlant en regardant mon rebelle en combine pelleter un sentier jusqu'à la grange. Quelle énergie ! Les crêpes crament sur le poêle, et la cafetière italienne déborde. Pas grave. Enfin un matin enneigé où je n'aurai pas à trimer dur pour me frayer un chemin jusqu'au bois de chauffage. Rio casse tous les glaçons du toit et remplit les chaudières, déneige le sentier et empile un cordon de bûches près de la porte. Tout ça, pendant que je sape mon café, contemplative, réchauffant mes doigts sur la tasse. Rio lève la tête, parfois, et je lui souris de toute ma reconnaissance. Ça semble le mettre de bonne humeur de se rendre utile. Il visse des vieux deux par quatre qui traînaient dans la grange puis, debout sur son échelle de fortune, il déneige le toit de la cabane et le panneau solaire. Emmitouflée de bonheur et de laine, je rentre pour constater que le régulateur de recharge affiche feu vert : le soleil se transforme en électricité, et la radio s'allume comme par magie. J'entrouvre la porte, l'italienne fumante à la main.

— Rio ! Veux-tu d'autre café ?
— Oui. La radio marche ?
— Ouais, mais j'ai rien qu'une question avant de monter le son.
— *Shoot.*
— Pourquoi ça pressait tant d'écouter les nouvelles à la radio ?
— Pour savoir si j'ai gagné au bingo.
— Très drôle… Y a des hélicos au pied carré comme si on était en plein champ de pot. C'est louche. T'as tué personne, j'espère ?
— Tabarnak…

Silence. L'échelle tient bon. Il redescend et me serre les épaules. Sa sueur fume au froid comme la nuée au-dessus des bisons. Odeur de pruche salée. Ma tête se pose sur son cœur. Il soupire.

— Bon… OK, Anouk, je suis recherché.

Son aveu est ironiquement interrompu par un vacarme d'hélicoptère qui fend l'air au-dessus de la cabane, comme s'il longeait les rails du chemin de fer tout près.

— Qu'est-ce que t'as fait ?
— J'ai vandalisé la voie ferrée. J'espère que j'ai

pas causé un déraillement... mais avec tous ces hélicos, j'ai peur que oui, et qu'un conducteur ou quelqu'un à bord ait été blessé. Ça se pourrait... Alors j'imagine que c'est considéré comme un homicide involontaire.

— En tout cas, le train passe plus depuis au moins deux jours. Je l'aurais entendu, les rails sont tout près.

— Si quelqu'un est mort par ma faute, c'est la prison assurée...

— S'ils te pognent.

— S'ils me pognent. D'autant plus qu'avec les lois adoptées par le gouvernement conservateur, les activistes sont traduits en justice comme des terroristes.

— Bref, la soupe est chaude. Tu fais ça souvent, vandaliser des infrastructures privées ? C'est risquer gros, me semble...

— Oui, mais c'est pour envoyer un message clair au gouvernement. J'agis en bon père de famille, comme on dit, pas pour mes enfants ou pour la société, mais pour l'environnement. Pour mes potes et moi, y a que ça qui compte vraiment, protéger la biodiversité, les animaux, les cours d'eau. Sais-tu combien de milliers de litres de pétrole lourd circulent tous les jours juste au bord de ta rivière ici ? Sais-tu ce que ça fait, le pétrole lourd, quand ça fuit dans l'eau ? Ça coule, ça tapisse les fonds. Ça tue toute ! Fini, l'eau potable dans ton puits de surface ! Fini, les poissons ! Puis ça descend jusque dans le fleuve. C'est une bombe à retardement, faire circuler des wagons-citernes de pétrole dilué au dilbit, et traverser tous ces villages et ces ruisseaux. Des rails qui font banane sous le poids du train tellement il manque de clous pour les retenir aux madriers ! C'est n'importe quoi, un tel laisser-faire ! Bon, je m'emporte...

— C'est correct, Rio. Je dirai rien. T'es jamais venu ici. Mais tu peux pas rester.

Il lève les yeux et étudie mon regard.

— C'est pas que je désapprouve ton geste, mais c'est évident qu'ils cherchent quelqu'un, avec tous ces hélicoptères depuis deux jours. C'est qu'une question de temps avant qu'ils voient ton char, ou le mien, et qu'ils viennent fouiner ici. Et avec ce que tu me dis là, ils sont mieux de pas te trouver. Si j'étais toi...

— Non, c'est beau... dis rien. Merci pour tout, Anouk. Là, mon linge est sec. As-tu un rasoir ? Faut que je change de tête.

— Je vais te paqueter des provisions. T'as une longue marche devant toi.

Mon survenant à barbe arbore les armoiries du terroir. Rusé, il étudie les rouages du système pour l'infiltrer et découvrir son talon d'Achille. Il sacrifie sa liberté pour exposer les secrets des grands pollueurs, et les couler dans les médias et les réseaux sociaux.

Nous restons debout dans la cabane sans rien dire. Riopelle fait les cent pas. Nos mitaines côte à côte sont sèches près du poêle. Je vide les tasses d'eau dans une chaudière. Le bardeau du toit est foutu. Quand le soleil plombe, le toit fuit. Fuir. Fugitif. Mon homme regarde par la fenêtre, les bras le long de son corps, lourds d'un fardeau trop lourd pour un seul homme. L'ambiance est chargée. Il se gratte le menton, l'air indécis, voire coupable. Puis se laisse tomber dans le divan des confessions, comme si, d'un coup, tout le poids de son avenir désormais hypothéqué venait de lui peser.

— Anouk, je risque gros. Pas mal certain que je vis mes derniers moments de liberté ici avec toi. Je peux pas rester, c'est vrai, même si j'en ai envie. J'ai renoncé à ça, une vie personnelle… Ça fait partie du *deal.* Mon groupe met des bâtons dans les roues – c'est un euphémisme – des pétrolières. Avant-hier, on est partis chacun de notre bord. Je sais pas ce qui m'attend, mais je vais essayer de crisser mon camp avant qu'on décide à ma place. Faut que je quitte le pays. Je vais devenir un Canadien errant, un Patriote en exil. S'ils me pognent avant, j'ai tout un plaidoyer que l'industrie veut pas que le Québec moyen entende. Dans un cas comme dans l'autre, le but, c'est de freiner l'expansion des sables bitumineux et de protéger les cours d'eau d'un déversement.

— Rio, comment avez-vous fait pour arrêter le train ?

Il se tait, malgré le besoin d'avouer.

— T'inquiète, je tiens ça mort. Rio, c'est que le train, je l'entends tous les jours aux mêmes heures depuis que j'habite à la cabane. Je déteste ça, parce que je sais qu'il est rempli de pétrole sale, et qu'il risque de dérailler à tout moment et d'engluer ma rivière. Ou encore d'exploser en pleine ville, comme à Mégantic.

— On a bloqué les rails avec des troncs d'arbres. Et je t'ai impliquée là-dedans sans ton consentement en te demandant de me cacher ici...

— Le plaisir est pour moi.

— Tu m'en veux pas ?

— Non. Tu m'as amplement payée en nature.

— T'es une femme incroyable.

— Bon, tôt demain matin, on essaiera de partir mon char.

— J'ai un contact au Maine chez qui je peux aller.

— Tant mieux. Tu m'enverras une carte postale ?

— Viens avec moi.

— Riopelle. Penses-y même pas. C'est ben romantique, *Bonnie and Clyde*, mais je te connais même pas ! Je peux te reconduire à la frontière, par exemple. Je connais des chemins forestiers peu fréquentés. Je sais où c'est assez épais pour passer incognito. Les hélicoptères te spotteront jamais dans de la forêt épaisse de même. Le seul vrai danger, c'est de se perdre pour de bon.

— Merci Anouk. Je pourrais pas demander mieux. Parole de scout, je sais me servir d'une boussole et d'une carte, inquiète-toi pas pour moi.

— Tu prendras mon sac de couchage, j'ai de vieux vêtements à mon grand-père, que je peux te passer. Et des raquettes de babiche dans la grange. Tu as une longue marche devant toi pour te rendre aux States.

C'est demain le terminus. Partir à l'aube pour avoir une journée complète de clarté en forêt. Je me réjouis d'une nuit de plus avec Rio, mais nous ne ferons pas l'amour, nous nous étreindrons dans un demi-sommeil comme de jeunes mariés séparés par la guerre outre-Atlantique.

La soirée est douce. Shalom ronronne devant le poêle. Le ballot est prêt à côté de la porte. Riopelle parcourt mon corps comme une carte au trésor. Une quiétude s'est installée chez moi, malgré le deuil qui m'attend dans quelques heures. Nous parlons de la beauté du Kamouraska, de ses gabu-rons hirsutes et de ses battures miroitant l'azur. De mes rêves de chants de baleines. Mélodie calme avant la tempête. Murmure pêle-mêle pour tout connaître de l'autre avant l'aube.

Il était une fois de jeunes activistes qui croyaient que notre monde était atteint d'un cancer : l'avarice des pays industrialisés, et que l'oppression des peuples prenait racine dans notre dénaturation, le lien sectionné entre l'homme et la Terre. Foulez le territoire, et vous apprendrez à chérir ses joyaux. L'air frais qui annonce le temps porte les huiles essentielles des arbres et les flocons insolites. L'eau pure et limpide qui est source de toute vie. Et au loin, ceux qui ne voient pas cette beauté fragile, cet équilibre vital. Ces marchés menés par le dollar. Ces maîtres de l'exploitation des ressources.

— Je te dis tout, Anouk. Comme ça, s'ils me pognent, peu importe ce qu'ils vont raconter dans les médias, tu sauras la vérité. Ils vont nous traîner dans la boue, discréditer notre message et faire de nous de simples terroristes, mais c'est bien plus que ça ! On défend les ressources du Québec ! Qu'on ait volé les terres des Premières Nations, c'est indiscutable, mais penser qu'on va volontairement les saccager, les souiller, pour du cash, jamais ! Mon nom de code, c'est Riopelle... depuis que j'ai fait une œuvre avec des oiseaux morts et de la mélasse sur l'hôtel de ville de mon village.

— Raconte...

— Ils sont venus me recruter. Je voulais dénoncer le passage des pétroliers dans les pouponnières de bélugas. Le groupe aimait mes idées. Tout le monde sait qu'ils ont les mains sales, nos élus, mais personne n'agit. Alors nous, on pose des gestes, et on envoie les photos aux médias. Faut briser la propagande, ouvrir les yeux des Québécois, arrêter de se laisser manger la laine sur le dos. Cette fois-ci, on est allés loin. On s'est mis en danger pour de vrai. On a tous misé notre liberté. Aux grands maux, les grands remèdes, comme on dit ! Les moyens pacifiques et légaux, on les avait tous essayés. Alors on a monté un grand coup, sachant que ce serait le dernier, et qu'il faudrait se terrer ensuite. Opération Baleine noire. Mon ami Capitaine a fermé la valve d'alimentation de la nouvelle station de pompage dans le bois, pas loin d'ici, puis il a fait couler du béton dans l'embouchure de la portion d'oléoduc qui devait être mise en fonction lundi. Beaver et moi, on a couché des troncs d'arbres sur la voie ferrée, pendant que Woods plantait des pancartes d'arrêt-stop des kilomètres plus haut pour envoyer un signal au conducteur du train, pour qu'il freine à temps. On a pris toutes les précautions pour que personne soit blessé et que le train déraille pas. Mais le train et la station de pompage, c'était qu'une diversion. Le dernier clou du cercueil, c'est mon amie Arielle qui doit le planter. Je sais pas si elle a réussi. On a coupé tout contact. On s'est promis de plus jamais se voir, et de prendre la responsabilité pour les autres si l'un de nous se fait pincer. Avant-hier, on a embarqué un béluga mort dans la remorque à bois d'Arielle. Un petit, sûrement mort à cause de la pollution, comme tant d'autres. On l'a hissé avec un treuil, et recouvert d'algues. Si tout fonctionnait, Arielle devait rouler jusqu'à Québec avec notre béluga, et l'installer dans une flaque de peinture noire sur les marches du Parlement. Une œuvre d'art qui pourrit au grand jour pour ouvrir les yeux du monde ! T'imagines les images chocs ? Pour que le peuple comprenne qu'accepter que le pétrole des sables bitumineux passe sur notre territoire, se taire devant un tel risque environnemental, c'est être complices de notre propre destruction.

VIII

9 janvier
Il n'en tient qu'à vous

L'aube, déjà. Dehors, Riopelle cueille un bouquet de sapinage pour notre dernière tisane, ersatz de café. On dirait qu'il a toujours vécu ici, ainsi, et que le temps s'est arrêté. Dans une époque sans train ni prison. Dans un monde où le stress est balayé du revers de la main. Ses longs cheveux noir corbeau dansent dans le vent. Sans barbe, il semble plus fragile. Je le regarde à travers la fenêtre, jardin de givre, là où tous nos espoirs gisent gelés. Nelligan ne saurait me dire s'ils vont rire ou pleurer, mes oiseaux de février[1]. Le monde peut basculer, tomber de Charybde en Scylla, je ne m'échouerai pas, même si je ne peux pas partir avec cet homme condamné, et que ce sont maintenant les derniers instants avec lui que je peux chérir. Depuis toujours, je flanche pour des hommes

1. Émile Nelligan, « Soir d'hiver », *Les Pieds sur les chenets*, Montréal, Journal *Les Débats*, 1902.

inaccessibles et des histoires d'amour vouées à l'échec.

La radio annonce une journée chaude. La vague de froid est terminée. Rio fait des voyages de bois de chauffage pour s'occuper l'esprit. Je sais qu'il a peur de ce qui l'attend. À Radio-Canada, Louis Armstrong chante « What A Wonderful World ». Qu'il serait beau, ce monde, si on le laissait tranquille. L'eau a un goût amer, ce matin. Dans mon journal, je dresse une autre liste pour passer le temps jusqu'au bulletin de nouvelles. La pile de mon téléphone cellulaire est chargée, mais je n'ai pas le cœur de le rallumer et de subir l'homélie parentale. Ils me croient dans une isba au Yukon, les pauvres.

Bonjour, mesdames et messieurs, bienvenue sur Radio-Canada Première, il est sept heures, heure de l'Est. Voici vos informations. Des actes offensifs visant des installations pétrolières ont été perpétrés mardi dans la MRC[1] de Kamouraska. Plusieurs suspects ont été arrêtés pour le vandalisme d'une voie ferrée du CN[2], lequel serait la cause d'un déraillement ayant entraîné la mort du conducteur de la locomotive, à Saint-Pascal-de-Kamouraska. Une femme a

1. Municipalité régionale de comté.
2. Canadien National.

également été arrêtée à la suite d'un incident en lien avec le précédent, mais cette fois à Québec. Elle aurait délibérément enduit les marches du Parlement de peinture noire avant d'y installer une carcasse de béluga à un stade de décomposition avancée, pour protester auprès du gouvernement contre le projet d'oléoduc dans la région. Elle a déclaré à nos journalistes à plusieurs reprises qu'elle n'était pas coupable de ses actes, mais bien *responsable*...

Riopelle entre dans la cabane, les bras chargés de bois. Entend la fin du bulletin de nouvelles, lève les yeux vers moi.

— Rio, tes amis ont été arrêtés. Arielle a réussi. Ostie... Elle a beurré les marches du Parlement ! Tout le Québec doit voir ça, en ce moment en déjeunant, la scène de crime du béluga échoué sur la sainte colline parlementaire... Faut partir maintenant ! Viens, on va déneiger mon char.

Il fait chaud dans l'auto. Je dégèle mes doigts contre la ventilation réglée au maximum. Riopelle sort un cahier de son sac d'écolier et lit à voix haute le manifeste écrit quelques jours plus tôt par son groupe :

— C'est ça qu'Arielle va lire au juge. On a aussi coulé le manifeste dans tous les médias. Écoute :

« Le béluga est le canari des mers, il chante dans l'estuaire depuis des millénaires. Son sonar est le plus sophistiqué de tous les cétacés. Sous la banquise, il sait repérer les glaces minces et les percer pour respirer. Les Autochtones de l'Arctique le chassent depuis la nuit des temps. Sa viande est nourrissante. De sa peau, ils font un cuir pour les vêtements et les attelages, et sa graisse sert de combustible. L'âme de la baleine blanche illuminait autrefois les lampes à l'huile, les phares et les lampadaires. Elle brille encore la nuit. Respecter un animal, c'est l'honorer et le protéger. Le tuer seulement en cas de nécessité. Ne rien gaspiller de son corps. À une autre époque, les bélugas étaient bien plus nombreux. Aujourd'hui, ils s'échouent sans vie sur les rives de notre enfance. Ils pourrissent sur la plage et on se dépêche de les enfouir comme des déchets dangereux. Ça suffit ! Que la société continue de consommer et de polluer, mais qu'elle reconnaisse au moins les conséquences de ses gestes, toutes les carcasses d'animaux englués de pétrole, victimes de son indifférence, qu'elle soit hantée par l'odeur de la mort dont elle est complice. Ce béluga au Parlement est le symbole d'une résistance qui se mobilise. Le fleuve Saint-Laurent, c'est notre joyau national, le cœur de notre culture, notre espace vital. Non au transport du pétrole lourd en sol québécois ! Non aux superpétroliers dans le berceau des cétacés ! Non au désastre écologique des sables bitumineux ! Nous sommes le noyau de la résistance ! Nous tendons la main à la population du Québec ! Cessez d'investir dans l'industrie pétrolière, réduisez la taille de vos véhicules et limitez vos déplacements, covoiturez, boycottez les produits de l'industrie pétrochimique, défendez vos terres, barrez-leur le chemin, associez-vous aux camps de résistance autochtones, incarnez tous azimuts le virage vert pour l'amour ! Il n'en tient qu'à vous ! »

IX

10 janvier
Le fugitif

Je roule à toute vitesse dans l'arrière-pays comme George Nelson[1] sur son traîneau, qui sera trahi par les lames de sang derrière lui. Fleurs de sang dans la neige. J'ai une boule coincée dans la poitrine, le deuil de cette histoire morte dans l'œuf.

J'immobilise la voiture sans couper le moteur. Riopelle m'embrasse au bord de la bouche en disant quelque chose que je n'entends pas. Ses lèvres sèches. Un bec rapide, mais franc. Je le regarde claquer la portière et sauter dans le fossé, puis se faufiler dans le sous-bois. Je pèse sur la pédale et m'éloigne un peu dans la courbe, espérant discerner un mouvement derrière les épinettes et l'apercevoir une toute dernière fois. Je recevrai sans doute, un jour, une carte postale anonyme qui me fera sourire de soulagement ou me poignardera de nostalgie. Mais il me reste au

1. Anne Hébert, *Kamouraska, op. cit.*

moins la certitude d'avoir pris la bonne décision en n'étant pas partie avec lui, de ne pas avoir jeté ma vie en l'air pour une histoire embryonnaire. Une erreur que j'aurais certainement commise il n'y a pas si longtemps. Je laisse partir une flamme, mais elle a attisé en moi le goût de défendre la Terre. Moi aussi, je mènerai un combat, mais sans armes, sans vandalisme, sans sensationnalisme. Dans les limites légales de la désobéissance civile et dans la sagesse de Thoreau. Je planterai des arbres par milliers, je sèmerai des fleurs pour nourrir les rares abeilles, je vivrai de ma terre en métamorphosant la plantation d'épinettes en espace où la faune et la flore seront foisonnantes. Avec chaque sou économisé, j'achèterai toutes les forêts privées et les champs avoisinants en monoculture, et je les laisserai en friche, fleurir sans coupes, pousser en paix. Ma vie reprend du sens dans ma forêt.

Je fais mon stop. Clignotant à droite. Fondre en larmes n'est pas une option. T'es pas amoureuse, Anouk, t'es juste la reine du mélodrame romantique. OK. *So what*, t'as eu un *one night* avec l'homme le plus fou et le plus inspirant de ta vie. Reviens-en.

Derrière le volant, je regarde les flocons fondre sur le pare-brise. Doucement. Solides, puis liquides. Libres de se transformer.

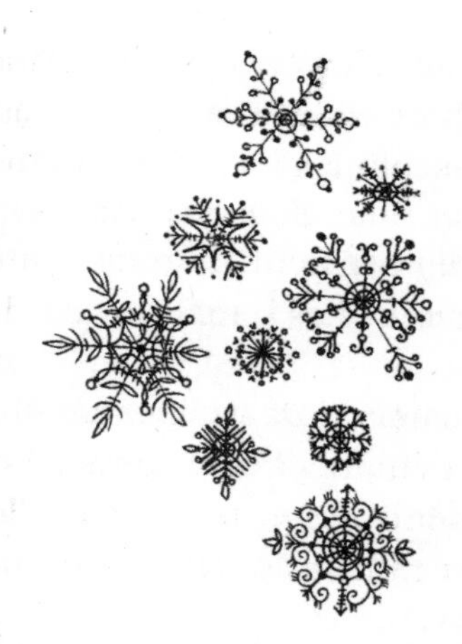

Paf! C'est une boule de neige qui s'écrase contre la fenêtre du côté passager. Et Riopelle qui m'envoie la main et tire la langue, espiègle jusqu'à la fin, avant de s'effacer dans le décor. Adieu, Riopelle, le Métis en cavale. Bon exil à toi !

Je ne dois pas m'attarder ici. Ne pas attirer l'attention. La cabane doit commencer à refroidir. Et j'ai une partie de solitaire à terminer.

En marchant dans nos traces de pas dans la neige jusqu'à la cabane, cette même trotte que je connais par cœur, sans repenser une seule fois aux coyotes qui rôdent, je repasse dans mon esprit chaque détail des dernières heures avec Rio. Ses idées révolutionnaires. Son sacrifice pour le bien commun, son discours passionné… J'étais tracassée par des banalités avant de le connaître. Tournée vers le passé, obsédée par le froid. Sur le perron de la cabane, Riopelle a laissé un inukshuk sculpté à même des strates de neige durcie. Preuve intangible de son passage qui fondra au printemps. Petit homme des neiges qui indique le chemin vers la maison…

Ce soir, Shalom dort sur mes genoux. J'apprécie plus que jamais sa compagnie. J'ouvre mon fidèle confident de journal et y découvre, sous mon dernier dessin, une calligraphie inconnue :

Liste n° 121

Les 10 commandements de l'opération Baleine noire :

— Nous sommes les forces qui protègent l'environnement.

— Tu ne céderas pas aux autorités du système.

— Tu ne feras pas de faux témoignages.

— Tu ne livreras pas tes contacts.

— Tu renonceras à ton identité.

— Souviens-toi de ta mission.

— N'abandonne jamais.

— Honore la Terre.

— Sois pacifique.

— Vois le beau.

Et j'ajouterais… sauve qui peut !

Riopelle

XXX

ÉPILOGUE

Aurore boréale

Au début de mon exil à la cabane, je gardais la notion du temps comme un fil d'Ariane. Un recensement des heures comme si j'étais retenue malgré moi ici. Mes gribouillis du soir dans mon journal étaient comme les marques d'un prisonnier dans sa cellule, la routine d'un naufragé sur une île austère. Puis un soir, fin février, mes idées noires ont été bousculées. À ma fenêtre, elle était là. Tant attendue. Mythe déniché des contrées du Nord. Flambeau capté par de patients photographes. Déesse impalpable de la lumière froide. Mère Nature à nu sous mes yeux dans sa chorégraphie phosphorescente. Ma toute première aurore boréale de Québécoise admise au cercle sacré du Grand Manitou. Le temps se respirait au ralenti. J'aurais voulu trouver les mots justes pour décrire ma chair de poule de petite fille assise à la fenêtre devant cette danse de bienvenue chez toi, grande femme boréale. Il n'y avait pas de mots assez souples et multicolores.

Que toutes les courbes de ma route avaient comme unique dessein de me mener ici pour survivre à un hiver froid, mais couronné d'étoiles et de perles de sagesse, je ne saurais le dire avec certitude. Destin ou non, les couleurs de cette nuit blanche ont réveillé en moi une palette d'espérance, bien plus que tous les amants du monde. J'ai eu envie de peindre. D'épuiser mon encrier. J'en ai oublié la hantise du froid. J'acceptais enfin mon sort, sans voir mon ermitage comme un échec, et l'hiver me sembla chaque jour plus doux, plus lumineux, plus riche en apprentissages. Enfin, j'avais découvert le sens à ma vie de féministe rurale : me dévouer à la protection de la nature, corps et âme. Le printemps fertile n'était pas bien loin.

GLOSSAIRE

Gabrielle Filteau-Chiba est une ardente défenseure de la langue québécoise et nous propose d'éclairer les formules qui pourraient paraître obscures au lecteur français.

Attendre la clarté (page 75) : attendre au matin pour voir clair.

Au plus sacrant (page 64) : au plus vite, de toute urgence.

Avoir le tour (avec la hache, page 75) : avoir atteint une certaine aisance dans le geste. En l'occurrence, de surcroît, le geste est circulaire : il faut élancer la hache vers l'arrière et la laisser retomber *paf!* en un tour fluide.

Bibittes (page 67) : dérivé de petites bêtes et bestioles (autant les fourmis que les souris, les pensées négatives, les inhibitions, les peurs qui grouillent).

Caler (page 66) : avaler d'un trait.

Canne de sirop d'érable (page 28) : canne et conserve font référence à des choses différentes : au Québec, on dira toujours canne de sirop, jamais conserve de sirop. *Conserve* renvoie plutôt aux pots Mason (en verre) avec couvercle, que l'on chauffe pour les sceller, tandis que *canne* renvoie aux récipients en métal déjà scellés du commerce ou de l'acériculteur.

C'est creux en maudit (page 73) : c'est très très difficile d'accès, reculé.

Chaise berceuse (page 41) : fauteuil à bascule.

Champ de pot (page 86) : plantation de cannabis.

Char (page 16 et al.) : voiture.

Chaudière (page 22) : seau. Par définition, c'est un récipient de métal qui servait anciennement à chauffer de l'eau.

Cogner des clous (page 24) : piquer du nez.

Combine (page 85) : sous-vêtement combinant pantalon et chemise, habituellement porté en temps de grands froids ou sous un équipement quelconque, parfois en coton, parfois en laine mérinos, souvent en un seul morceau.

Dormir au gaz (page 21) : être passif, ne pas réagir, malgré l'urgence, comme lorsqu'il y a une fuite de gaz, nuisant à l'assimilation d'oxygène, et menant donc à une certaine léthargie, voire à la mort.

Emboucaner, boucane (fumée) (page 18) : emplir la pièce (ou ici, soi-même) de fumée.

Faire son stop (page 104) : marquer le stop.

Gaburon (page 92) : colline émergeant de la plaine, du genre inselberg, particulièrement dans la région du Kamouraska, résultant probablement de l'érosion glaciaire. Également « cabouron » ou « monadnock ».

Grimper dans les rideaux (page 71) : prendre peur sans fondement.

Laisser du lousse (page 52) : relâcher son emprise.

Les hélicoptères te spotteront jamais (page 91) : emprunt de l'anglais « *to spot* », repérer. Ici, aussi, le verbe évoque l'idée que d'en haut, le fugitif sur fond de neige ne sera pas plus gros qu'un point (« *spot* »).

Le soleil plombe le panneau (page 48) : au Québec, *plomber*, quand on parle du soleil, signifie que la chaleur ou les rayons sont si puissants, ardents, que l'on ressent sur la peau et les objets une certaine lourdeur.

Manger ses bas (page 17) : faute de nourriture, se résoudre à manger des miettes et pire, au sacrifice de ce qu'on aurait dû garder.

Partir un char (page 90) : faire démarrer une voiture.

Pelleter la neige par en avant (page 60) : expression québécoise assez proche du sens de « se tirer dans le pied ». Quand on pellette de la neige par en avant, au propre comme au figuré, on a l'impression d'avancer, mais on s'alourdit la tâche, parce qu'il faudra nécessairement refaire le même geste pour la pousser encore plus loin. Renvoie à l'inutilité d'un geste, comme un travail répétitif qui a perdu son sens.

Pogner (page 87) : variation régulière de l'ancien verbe *poigner*, *empoigner*, de *poing*.

Prendre en pain (page 32) : être figé, collé, formant un tout.

Prendre son trou (page 46) : se replier sur soi, comme dans une tanière.

Rang (page 16 et al.) : plus longiligne que le chemin, le rang est perpendiculaire aux montées et borde souvent des terres agricoles, des lots boisés, d'anciennes seigneuries.

Sacre (page 18) : au Québec, les jurons ont une couleur catholique. Dans le paragraphe, les sacres ont été édulcorés : « mardi » remplace « maudit », « sacoche » remplace « sacré », « tracteur » et « tempête » renvoient à « tabernacle ».

Saper (page 85 et al.) : faire du bruit en buvant.

Se sentir seul en chien (page 25) : seul comme un chien domestique, dont l'instinct est de vivre en meute ou en Nature. Au Québec, « en chien » utilisé comme adverbe signifie « beaucoup ». Exemples : ça fait peur en chien, ça fait mal en chien, etc.

Tuque (page 32) : bonnet.

DE LA MÊME AUTRICE

Aux Éditions Le mot et le reste

ENCABANÉE, 2021, première édition, XYZ, 2018. (Folio nº 7025)

Aux Éditions Stock

SAUVAGINES, 2022, première édition, XYZ, 2019.

Aux Éditions XYZ

BIVOUAC, 2021.

COLLECTION FOLIO

Dernières parutions

7041. Alain	*Connais-toi* et autres fragments
7042. Françoise de Graffigny	*Lettres d'une Péruvienne*
7043. Antoine de Saint-Exupéry	*Lettres à l'inconnue* suivi de *Choix de lettres dessinées*
7044. Pauline Baer de Perignon	*La collection disparue*
7045. Collectif	*Le Cantique des cantiques. L'Ecclésiaste*
7046. Jessie Burton	*Les secrets de ma mère*
7047. Stéphanie Coste	*Le passeur*
7048. Carole Fives	*Térébenthine*
7049. Luc-Michel Fouassier	*Les pantoufles*
7050. Franz-Olivier Giesbert	*Dernier été*
7051. Julia Kerninon	*Liv Maria*
7052. Bruno Le Maire	*L'ange et la bête. Mémoires provisoires*
7053. Philippe Sollers	*Légende*
7054. Mamen Sánchez	*La gitane aux yeux bleus*
7055. Jean-Marie Rouart	*La construction d'un coupable.* À paraître
7056. Laurence Sterne	*Voyage sentimental en France et en Italie*
7057. Nicolas de Condorcet	*Conseils à sa fille* et autres textes
7058. Jack Kerouac	*La grande traversée de l'Ouest en bus* et autres textes beat
7059. Albert Camus	*« Cher Monsieur Germain,... »* Lettres et extraits
7060. Philippe Sollers	*Agent secret*
7061. Jacky Durand	*Marguerite*

7062. Gianfranco Calligarich	*Le dernier été en ville*
7063. Iliana Holguín Teodorescu	*Aller avec la chance*
7064. Tommaso Melilli	*L'écume des pâtes*
7065. John Muir	*Un été dans la Sierra*
7066. Patrice Jean	*La poursuite de l'idéal*
7067. Laura Kasischke	*Un oiseau blanc dans le blizzard*
7068. Scholastique Mukasonga	*Kibogo est monté au ciel*
7069. Éric Reinhardt	*Comédies françaises*
7070. Jean Rolin	*Le pont de Bezons*
7071. Jean-Christophe Rufin	*Le flambeur de la Caspienne. Les énigmes d'Aurel le Consul*
7072. Agathe Saint-Maur	*De sel et de fumée*
7073. Leïla Slimani	*Le parfum des fleurs la nuit*
7074. Bénédicte Belpois	*Saint Jacques*
7075. Jean-Philippe Blondel	*Un si petit monde*
7076. Caterina Bonvicini	*Les femmes de*
7077. Olivier Bourdeaut	*Florida*
7078. Anna Burns	*Milkman*
7079. Fabrice Caro	*Broadway*
7080. Cecil Scott Forester	*Le seigneur de la mer. Capitaine Hornblower*
7081. Cecil Scott Forester	*Lord Hornblower. Capitaine Hornblower*
7082. Camille Laurens	*Fille*
7083. Étienne de Montety	*La grande épreuve*
7084. Thomas Snégaroff	*Putzi. Le pianiste d'Hitler*
7085. Gilbert Sinoué	*L'île du Couchant*
7086. Federico García Lorca	*Aube d'été* et autres impressions et paysages
7087. Franz Kafka	*Blumfeld, un célibataire plus très jeune* et autres textes
7088. Georges Navel	*En faisant les foins* et autres travaux
7089. Robert Louis Stevenson	*Voyage avec un âne dans les Cévennes*

7090.	H. G. Wells	*L'Homme invisible*
7091.	Simone de Beauvoir	*La longue marche*
7092.	Tahar Ben Jelloun	*Le miel et l'amertume*
7093.	Shane Haddad	*Toni tout court*
7094.	Jean Hatzfeld	*Là où tout se tait*
7095.	Nathalie Kuperman	*On était des poissons*
7096.	Hervé Le Tellier	*L'anomalie*
7097.	Pascal Quignard	*L'homme aux trois lettres*
7098.	Marie Sizun	*La maison de Bretagne*
7099.	Bruno de Stabenrath	*L'ami impossible. Une jeunesse avec Xavier Dupont de Ligonnès*
7100.	Pajtim Statovci	*La traversée*
7101.	Graham Swift	*Le grand jeu*
7102.	Charles Dickens	*L'Ami commun*
7103.	Pierric Bailly	*Le roman de Jim*
7104.	François Bégaudeau	*Un enlèvement*
7105.	Rachel Cusk	*Contour. Contour – Transit – Kudos*
7106.	Éric Fottorino	*Marina A*
7107.	Roy Jacobsen	*Les yeux du Rigel*
7108.	Maria Pourchet	*Avancer*
7109.	Sylvain Prudhomme	*Les orages*
7110.	Ruta Sepetys	*Hôtel Castellana*
7111.	Delphine de Vigan	*Les enfants sont rois*
7112.	Ocean Vuong	*Un bref instant de splendeur*
7113.	Huysmans	*À Rebours*
7114.	Abigail Assor	*Aussi riche que le roi*
7115.	Aurélien Bellanger	*Téléréalité*
7116.	Emmanuel Carrère	*Yoga*
7117.	Thierry Laget	*Proust, prix Goncourt. Une émeute littéraire*
7118.	Marie NDiaye	*La vengeance m'appartient*
7119.	Pierre Nora	*Jeunesse*
7120.	Julie Otsuka	*Certaines n'avaient jamais vu la mer*
7121.	Yasmina Reza	*Serge*

« UNE ODE ÉBLOUISSANTE À LA NATURE. »

La Presse

Tous les papiers utilisés pour les ouvrages
des collections Folio sont certifiés
et proviennent de forêts gérées durablement.

Composition IGS-CP à L'Isle-d'Espagnac (16)
Impression Maury Imprimeur
45330 Malesherbes
le 12 décembre 2022
Dépôt légal : décembre 2022
1er dépôt légal dans la collection : décembre 2021
Numéro d'imprimeur : 267711

ISBN 978-2-07-294605-9 / Imprimé en France.

593744